Alain Dag'Naud
Agrégé de l'Université

Histoire de Bretagne

Illustrations
de Christophe Lazé

EDITIONS JEAN-PAUL GISSEROT
www.editions-gisserot.com

Le temps des menhirs

Depuis la nuit des temps, les hommes ont habité et aimé la Bretagne. Ils y vivaient de la chasse, de la pêche et de la cueillette. Ils respectaient d'autant plus la terre bretonne qu'elle était pour eux sacrée. Là, croyait-on, les âmes des défunts se reposaient une dernière fois avant leur embarquement pour l'au-delà, vers la demeure du soleil couchant.

Les habitants vivaient de la pêche et de la chasse. Des silex taillés leur servaient d'armes et d'outils.

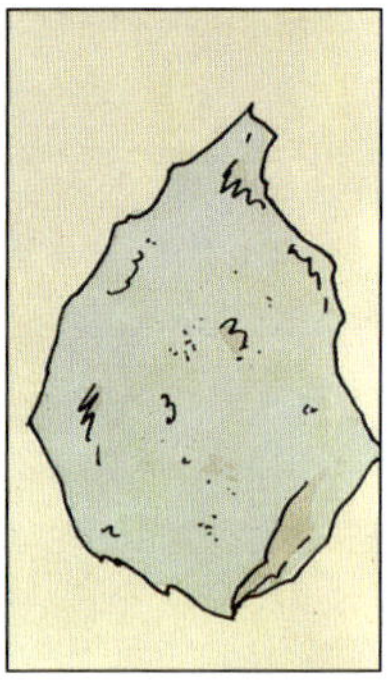

En l'honneur, croit-on, des morts, de la terre et des dieux, d'énormes blocs de pierre furent dressés à la verticale vers le ciel. Ce sont les menhirs. D'autres sont alignés en files, comme à Carnac,

Un village néolithique.

Histoire de Bretagne

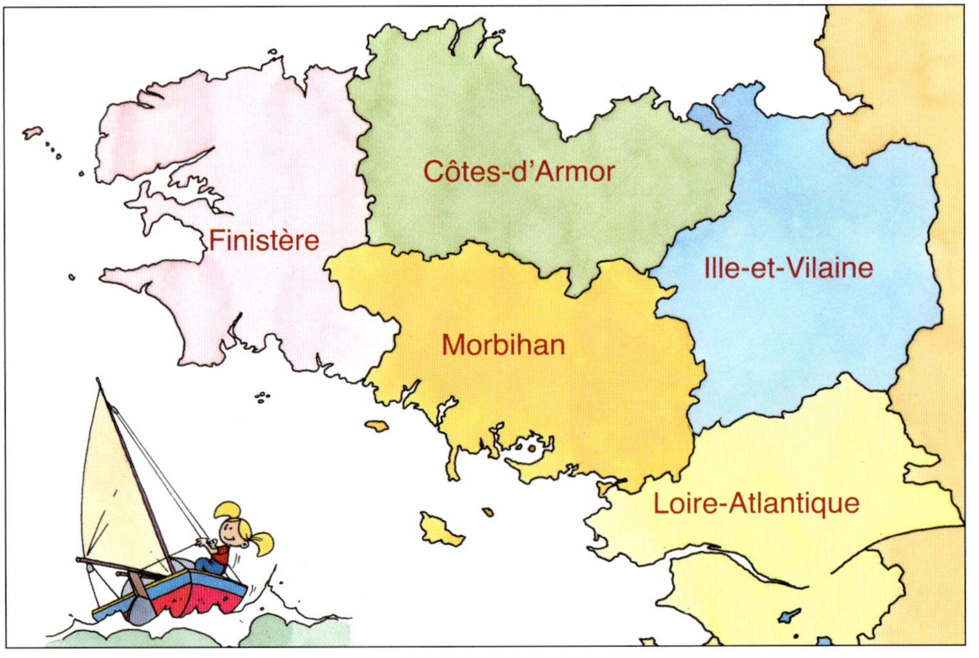

PEFC™
10-31-2065
Certifié PEFC
pefc-france.org

Ouvrage imprimé par Pollina à Luçon 85 n° 89237
Imprimé en France

en l'honneur du soleil, ou dessinent sur le sol des arabesques mystérieuses. Longtemps on a pensé que ces menhirs étaient une armée de géants pétrifiés sur place alors qu'ils poursuivaient le saint pape Cornély.

Une allée couverte.

Un dolmen isolé.

Coupe d' un tumulus.

Tout aussi étranges, les dolmens sont des chambres funéraires dans lesquelles étaient inhumés les seigneurs du pays. Formés d'énormes blocs de rocher, enfouis sous des tumulus, monticules de terre ou de pierraille, ils ont été bâtis plus de deux mille ans avant les pyramides. Nos ancêtres venaient y honorer les morts, y invoquer leurs esprits.

Alignement à Carnac.
Les hommes de la Préhistoire transportaient des blocs de plusieurs dizaines de tonnes sur des kilomètres grâce à des rondins, et les dressaient en les faisant sans doute basculer sur des plans inclinés.

6

Les Celtes d'Armorique

Un guerrier celte.

Armes et objets retrouvés dans des tombes.

Pendant près de mille ans, jusqu'au premier siècle avant Jésus-Christ, les Celtes venus du centre de l'Europe se répandent en Gaule. Cinq tribus s'installent en Armorique : les Vénètes à Vannes, les Osismes en Finistère, les Curiosolites à Corseul, les Redones à Condate, c'est-à-dire Rennes, et les

Namnètes à Nantes. Elles sont dirigées par des chefs redoutables et par des religieux, les druides, qui vénèrent le chêne et le gui, prévoient l'avenir et préparent des potions magiques qui guérissent les malades et donnent

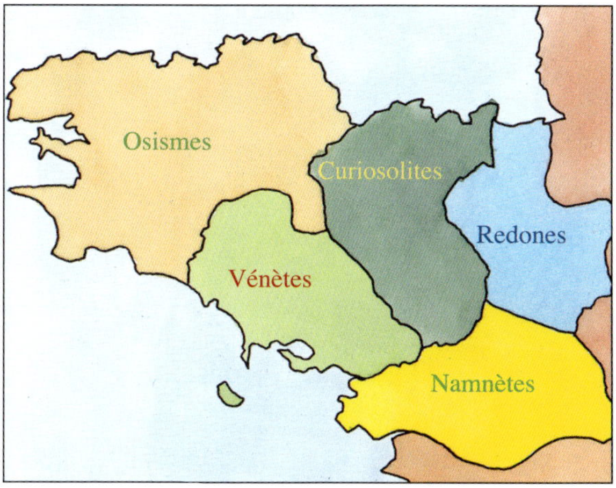

Les populations d'Armorique.

la puissance aux guerriers. Les Celtes travaillent le métal et créent des outils pour améliorer l'agriculture. L'artisanat et le commerce se développent, la province devient l'une des plus riches d'Occident.

Mais les Celtes ne peuvent résister aux envahisseurs romains menés par Jules César. En 56 avant Jésus-Christ, lors d'une bataille navale au large du Morbihan, les galères de l'empereur anéantissent les lourds navires des Vénètes. Des jeunes hommes par milliers sont réduits en esclavage, les percepteurs de l'empereur font main basse sur les minerais pour ravitailler Rome, des colons venus d'Italie se font bâtir de luxueuses villas. Mais des routes sont tracées, la paix imposée aux tribus favorise les échanges et les villes se développent.

La bataille navale entre les Vénètes et les Romains.

8

Les Bretons

Le cloître de l'abbaye de Daoulas.

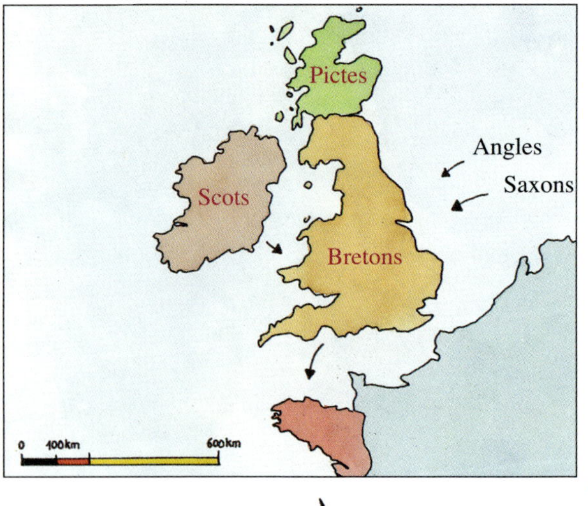

Chassés d'outre-Manche par les Angles et les Saxons au VIe siècle, les Bretons franchissent la mer par centaines sous la conduite de leurs chefs religieux. Saint Malo débarque avec 64 compagnons à l'embouchure de la Rance. Saint Patern devient évêque de Vannes

vers 462. En 485, saint Brieuc et 168 personnes s'établissent dans la baie du Gouët. Saint Pol arrive en Léon où il extermine un dragon qui ravageait le pays. Saint Tugdual vient à Tréguier avec sa famille et 72 amis. Saint Samson

Les sept saints fondateurs, d'après un document ancien.

fonde Dol vers 550, convertit au christianisme les habitants de la région, et meurt à 120 ans. Saint Corentin préfère la solitude de la forêt sacrée de Plomodiern ; il devient par la suite évêque de Quimper.

Ainsi sont créés sept évêchés en Bretagne. Les Bretons qui ont la foi et beaucoup de courage ont à cœur d'effectuer une fois au moins dans leur vie, à pied si possible, le tour de la province en visitant les sept cathédrales des sept saints fondateurs. Ce pèlerinage porte le nom de Tro Breiz. Mais il y a aussi partout au cœur des paroisses appelées ici «plous», de magnifiques chapelles de granit et des monastères pour prier et étudier. Guénolé crée celui de Landévennec ; un seigneur converti après avoir assassiné deux prêtres fait édifier l'abbaye de Daoulas pour obtenir son pardon ; vers 530, l'écossais Gildas établit un monastère dans la presqu'île de Rhuys. Ces hommes baptisent le pays du nom de Bretagne et redonnent vie à l'ancienne langue celtique devenue le breton.

La cité d'Ys

La cité d'Ys protégée de la mer par ses murailles.

Fêtes à la cour de Gradlon.

La Bretagne est riche de mystères et de légendes. À la pointe du Finistère, en baie de Douarnenez, il y avait autrefois une ville puissante, capitale de la Cornouaille. Elle était protégée des fureurs de l'océan par de colossales murailles de bronze percées d'écluses dont seul le roi Gradlon possédait la clef, une grosse clef d'argent toujours pendue à son cou.

Gradlon avait une fille, Dahud, qui n'aimait que les festins et faisait tuer chaque matin ses amants de la nuit. Un jour, un beau chevalier inconnu se présenta. Il suivit Dahud jusque dans sa chambre et lui demanda les clefs de la cité. L'étourdie s'en fut les dérober pendant le sommeil de son père et les remit au jeune homme qui s'empressa de courir aux remparts et d'ouvrir les vannes

La princesse Dahud et le beau chevalier.

La fuite du roi Gradlon.

La cité d'Ys engloutie par les flots.

pour laisser les flots déchaînés s'engouffrer dans la ville endormie. Saint Guénolé n'eut que le temps de réveiller le roi Gradlon qui sauta sur son cheval.

Dahud voulut monter en selle derrière son père, mais le flot rattrapait la monture. Guénolé ordonna au roi de repousser sa fille et Dahud fut engloutie. Au matin, Ys avait disparu.

12

Le duché de Bretagne

Nominoé est envoyé par l'empereur en Bretagne.

En 825, Louis le Pieux, fils de l'empereur Charlemagne, confie à Nominoé le gouvernement de la province qui devient un duché. Mais le duc se rebelle contre les Francs en 841 et se fait proclamer roi. Le jeune Charles le Chauve, roi de Francie, engage la bataille à Ballon, au nord de Redon, le 21 novembre 845. Nominoë est victorieux et l'indépendance de la Bretagne est reconnue. Avant de mourir, il désigne son fils Érispoé pour lui succéder.

Mais Nominoé a un neveu, Salomon, qui veut monter sur le trône. Salomon attend quatre ans, dissimulant sa jalousie. Un jour enfin, il assassine son cousin, le

roi Érispoé, dans une église, au pied de l'autel, puis il se fait proclamer roi. Pour se faire pardonner son crime, il offre au pape sa statue en or grandeur nature, il fonde des monastères, il rend la justice. Surtout, il lutte contre les Normands, ces redoutables Vikings venus du nord sur leurs drakkars, qui pillent les villes et ravagent le pays. Après plusieurs années de règne, Salomon fait couronner son fils âgé de huit ans et se retire dans une cabane au fond du parc de son palais en forêt de Brocéliande. C'est le moment choisi par des seigneurs pour venger la mort d'Érispoé. Le 25 juin 874, un soldat arrache les yeux du roi avant de le décapiter. La Bretagne plonge dans le désordre. Mais en 888, tous les Bretons se rassemblent sous la bannière du roi Alain le Grand pour vaincre les Normands à la bataille de Questembert.

Un drakkar normand.

Érispoé.

Érispoé est assassiné par Salomon.

La bataille de Ballon à l'issue de laquelle la Bretagne devient indépendante.

Les Chevaliers du mystère

Fils orphelin d'un seigneur de Cornouaille, Tristan est élevé par son oncle, le roi Marc. Celui-ci charge le jeune homme d'aller quérir outre Manche la belle Yseut, fille du roi d'Irlande. Sur le bateau du retour, ils boivent par mégarde un philtre magique qui les rend amoureux fous l'un de l'autre. Pour ne pas trahir le roi, ils se séparent. Mais lorsque Tristan blessé voit sa mort prochaine, il envoie chercher Yseut la blonde qui seule peut le guérir. Si elle accepte de venir, la voile sera blanche, et noire dans le cas contraire. Quand apparaît le navire à la voile blanche, une femme jalouse annonce à Tristan que la voile est noire. Il se laisse mourir. Yseut, arrivée trop tard,

Le roi Arthur.

Morgane.

meurt de chagrin dans ses bras. Le roi Marc pardonne et fait inhumer les deux amants côte à côte.

L'épée Excalibur.

La fée Viviane.

Merlin l'enchanteur.

Perceval, chevalier de la Table Ronde.

Les chevaliers en quête du Graal.

Quelque part encore au pays des Bretons, se situent les aventures d'un roi idéal nommé Arthur. Protégé par l'enchanteur Merlin, il a pu extraire l'épée magique Excalibur de l'enclume où elle restait fichée. Devenu roi, Arthur est servi par les chevaliers de la Table Ronde, jeunes, beaux et courageux, qui ont pour nom Perceval, Lancelot ou Gauvain. Tous sont en quête du Graal, un vase sacré dans lequel fut recueilli le liquide de vie et d'immortalité qui s'écoulait du flanc de Jésus crucifié. Mais seul Galaad, parce qu'il est pur, accède aux secrets du Graal juste avant de mourir. Arthur livre son dernier combat en Angleterre. Blessé, il donne l'ordre de plonger son épée Excalibur dans le lac tout proche pour que nul jamais ne puisse s'en emparer. Un bras surgit de l'eau, brandit l'épée merveilleuse puis disparaît. Une barque accoste. Arthur y voit Morgane, sa sœur défunte, accompagnée de plusieurs dames-fées. Il embarque et s'éloigne à jamais.

Le départ du roi Arthur.

La guerre des deux Jeanne

Jeanne la Flamme.

En 1341, le duc régnant, Jean III, meurt sans héritier direct. Deux prétendants sont sur les rangs : son demi-frère Jean de Montfort, marié à Jeanne de Flandre et allié des Anglais, et sa nièce Jeanne de Penthièvre, proche des Français puisqu'elle est l'épouse de Charles de Blois, neveu du roi de France. Menée surtout par les deux Jeanne, la guerre de succession commence, elle va durer 23 ans.

En mars 1351, un duel à mort oppose trente chevaliers de chaque parti sur la lande de Mi-Voie, à Guillac. Beaumanoir, fidèle des Penthièvre, est assoiffé. «*Bois ton sang, Beaumanoir.*» lui répond son ami Geoffroy. Au soir, la victoire est au parti français. Bertrand du Guesclin choisit aussi le clan de Charles de Blois. Déguisés en femmes et en bûcherons, lui et ses hommes s'emparent de la forteresse de Fougeray. Par la suite, Bertrand s'en va combattre les Anglais auprès de Charles V. Il deviendra connétable de France, chef des armées du royaume.

Le dimanche 29 septembre 1364, Charles de Blois engage la bataille finale à Auray contre Jean de Montfort. Pendant sept heures, le combat corps à corps se poursuit. Mais Charles de Blois est cerné. Un soldat anglais lui plonge son poignard dans la bouche et le dépouille de son armure, le laissant nu sur le sol. Montfort ordonne que le corps de son ennemi soit recouvert d'un drap d'or et porté sur un bouclier. Le 12 avril 1365, le traité de Guérande attribue la Bretagne aux Montfort.

Jean de Montfort et Jeanne de Flandre.

Charles de Blois et Jeanne de Penthièvre.

Messire Du Guesclin.

Le combat des Trente.

La bataille d' Auray.

La duchesse Anne

Un siècle plus tard, François II est duc de Bretagne. Il a deux filles : Anne et Isabelle. Il aimerait bien que sa province échappe à la domination française. Mais le 28 juillet 1488, lorsqu'il affronte les armées du roi de France à Saint-

Anne de Bretagne dans la cour du château des ducs à Nantes.

Aubin du Cormier, il est vaincu. Désespéré, il meurt peu après, laissant pour héritière une enfant de douze ans. Anne l'orpheline est boîteuse et de santé fragile ; personne ne croit en elle. Elle est délaissée. Mais elle est courageuse, avec son mauvais caractère et son sens de l'argent. Sa Bretagne elle l'aime. Malgré l'opposition d'une partie de la noblesse, elle se fait couronner à Rennes. Puis elle choisit pour mari Maximilien de Habsbourg, chef du Saint Empire Romain germanique, le grand ennemi des Français. Charles VIII de France fait annuler ce mariage et contraint Anne à l'épouser le 6 décembre 1491.

Sept ans après, Charles meurt . Anne, duchesse et reine, est veuve et libre. Le nouveau roi, Louis XII, s'empresse de divorcer pour épouser Anne à Nantes le 8 janvier 1499. De ce mariage naissent deux fils morts tout jeunes et deux filles, Claude et Renée. Claude épousera le futur François Ier et cèdera la Bretagne à la France. Mais Anne avait exigé que jamais les Français ne puissent lever des impôts ou réquisitionner des soldats en Bretagne sans l'accord des Bretons.

Anne de Bretagne et Charles VIII.

Louis XII.

François d'Angoulême, futur François Ier.

La duchesse Anne à Dinan.

La Renaissance

La Bretagne est officiellement rattachée à la France en 1532. Elle profite alors d'une période de prospérité qui repose sur le travail des toiles et la mer. Les ports s'enrichissent, les bourgs de l'intérieur se parent de châteaux, les maisons à grande pièce unique sont meublées de magnifiques buffets, d'armoires sculptées et de lits clos à portes coulissantes pour se protéger du froid et s'isoler.

Au cœur des villages, d'incroyables monuments religieux sont édifiés, les enclos paroissiaux. Ces enceintes sacrées sont des lieux de rencontre entre les vivants, les morts et Dieu. Un arc de triomphe en commande l'entrée, puis on découvre un ossuaire où sont conservés les restes des défunts, et l'église, dominée par un

Le calvaire de Pleyben.

formidable clocher. À l'intérieur, rien n'est trop beau pour Dieu. Au centre de l'enclos, un calvaire de pierre sculptée représente la Passion de Jésus. Au pied de la croix, s'anime une foule de

Le calvaire de Tronoën.

L'ossuaire de Sizun.

Retable à Commana.

Les enclos paroissiaux.

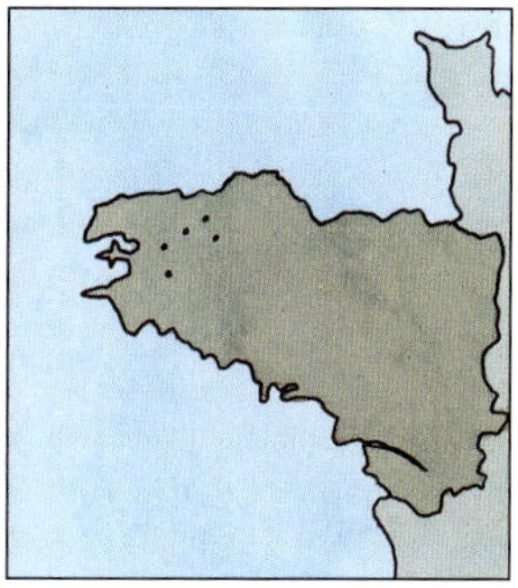

personnages taillés dans le granit, Marie et Jean, des saints, des bourreaux et parfois des inconnus comme cette femme qui va être engloutie dans la gueule du monstre des enfers parce qu'elle a volé une hostie pour la donner au Diable.

Le calvaire de Guimiliau, orné de deux cents personnages.

Découvreurs et corsaires

Il n'est pas de port breton qui n'ait donné naissance à des aventuriers prêts à toutes les audaces. Né à Saint-Malo en 1494, Jacques Cartier explore les côtes nord de l'Amérique, remonte le Saint-Laurent et plante le drapeau français au Canada. En 1772, Kerguelen, originaire du Finistère, cingle vers le pôle sud et découvre dans l'Antarctique

Jacques Cartier découvre le Canada.

Les voyages de Cartier

un archipel de trois cents îles qui porte aujourd'hui son nom.

Il y a aussi les gens de la "course", qui se défendent d'être pirates car c'est au nom du roi qu'ils engagent les abordages les plus fous. Le malouin Duguay-Trouin embarque pour la première fois en 1679 ; il a 16 ans. Commandant à 18 ans, il s'empare de Rio au Brésil et pille les navires portugais chargés d'argent. Le corsaire Jacques Cassard prend l'habitude de rentrer à Saint-Malo en remorquant les bateaux qu'il a pris à l'ennemi.

Les quatre frères malouins Surcouf se rendent célèbres en arraisonnant les navires anglais dans l'océan Indien. Robert Surcouf ne recule devant rien. A la tête du navire La Confiance, il s'empare à l'abordage du plus redoutable des vaisseaux anglais, le Kent, monté par 400 hommes et portant 38 canons.

Jacques Cartier.

Duguay-Trouin.

Jacques Cassard.

Surcouf.

La prise du Kent par Surcouf.

La flotte anglaise sous les assauts de Surcouf.

La Bretagne en révolte

“Plutôt mourir qu’être déshonoré” disent les Bretons. En 1675, la tête couverte de bonnets rouges en signe de reconnaissance, ils se révoltent contre les taxes imposées par Louis XIV. Le roi les fait tous pendre aux arbres des grands chemins de Cornouaille. En 1718, ils sont aux côtés du jeune marquis de Pontcallec qui veut restituer ses libertés à la Bretagne. Mais Pontcallec est arrêté avec trois amis et décapité à Nantes. En 1789, les Bretons sont les plus ardents à défendre la Révolution.

Colbert, ministre de Louis XIV

Sébastien Le Balp, meneur des Bonnets rouges.

Les Bonnets rouges à la chapelle de Tréminou.

Cadoudal.

Un soldat de la République.

Mais lorsque les révolutionnaires à Paris transforment la province de Bretagne en départements, suppriment les évêchés bretons, persécutent les curés, réquisitionnent les hommes pour aller à la guerre, les Bretons se soulèvent. Cette révolte porte le nom de chouannerie car leur cri de ralliement ressemble au hululement du chat huant. Elle éclate en mars 1793 et se poursuit dix ans. La répression est atroce. En octobre 1793, tous les suspects de Nantes sont arrêtés. On les fait monter, attachés deux par deux, sur des barques que l'on coule au milieu de la Loire. Cinq mille personnes sont ainsi noyées, dix mille autres sont passées par les armes. À l'été 1795, pendant deux mois, douze Bretons sont fusillés chaque jour sur le champ des martyrs à Auray. En mars 1804, le chef chouan Cadoudal est pris. Il refuse de demander sa grâce et meurt exécuté.

Les Chouans.

Terre-neuvas et pêcheurs d'Islande

Le retour des Terre-neuvas à Paimpol.

La dure vie des Terre-neuvas.

Courageux, les Bretons se remettent au travail. Les marins vont jusqu'en Islande et à Terre-Neuve, au large du Canada, pêcher la morue. Lorsque les brick-goélettes ou les trois-mâts quittent Paimpol ou Saint-Malo au printemps, c'est le départ pour l'inconnu. Les femmes le savent bien qui prennent le deuil jusqu'au retour. La traversée dure quatre semaines, la pêche sur les bancs de poissons se prolonge six mois. Longeant les icebergs, les terre-neuvas souffrent du froid la nuit dans leurs lits-placards

Les territoires de pêche.

Le mur des disparus en mer à Ploubazlanec.

nichés contre la coque. Ils s'alimentent toujours de la même soupe de têtes de morues et tombent malades par manque de vitamines. Lorsque enfin ils rentrent au port, à l'automne, les femmes sont là pour les accueillir. Certains navires sont portés manquants, des marins ont disparu. Les veuves ne quitteront plus leur habit de deuil. On disait autrefois de la Bretagne qu'elle était le pays des femmes en noir.

Au XIXe siècle, la Bretagne reste à l'écart de la révolution industrielle fondée sur le charbon et le fer. Lorsqu'ils ne sont pas en mer, les hommes cultivent la terre pendant que les femmes filent la laine, gagnant à peine de quoi vivre. La province s'appauvrit et les Bretons partent nombreux aux quatre coins du monde, surtout au Canada où les plus audacieux font fortune.

Les Bretons en résistance

Après 1914-18, quel village breton, si petit soit il, ne possède son monument aux morts couvert des noms des jeunes hommes fauchés par la folie de cette guerre ?

Dès lors, des Bretons réclament leur autonomie. Un drapeau breton est créé. Tout en noir et blanc, il est composé de neuf bandes horizontales et de queues d'hermines en témoignage de fidélité à la famille ducale.

Mais en 1940, les Allemands occupent la Bretagne. Le 24 juin, en l'île de Sein, les femmes vêtues de noir accompagnent leurs maris ou leurs fils, 124

Les ports bretons souffrent des bombardements allemands puis alliés.

hommes dont le plus jeune a treize ans, jusqu'aux embarcations qui vont les mener en Angleterre où ils continueront le combat aux côtés du général de Gaulle. Ils sont les premiers résistants français.

Les poches tenues par les Allemands à Nantes, Saint-Nazaire, Lorient, Brest et Saint-Malo sont écrasées par les bombardements. La France est libérée.

Un peu partout, des Bretons résistent à l'occupant.

L'île de Sein en résistance.

Les Allemands fortifient les bases sous-marines de Lorient et de Brest, édifient les blockhaus du mur de l'Atlantique tout au long des côtes. Mais la résistance bretonne s'organise et crée le maquis de Saint-Marcel pour harceler les troupes allemandes.

Toute la Bretagne fête la libération.

Les Bretons en mouvement

Aujourd'hui, c'est de la mer et du tourisme que la Bretagne tire une grande partie de ses ressources. Cent ports s'égrènent au long de ses rivages, des arsenaux de Brest et de Lorient sortent les plus grands des navires de combat français, comme le porte-avions Charles de Gaulle. L'île Longue de la rade de Brest cache nos sous-marins nucléaires lanceurs d'engins. Les chantiers de Saint-Nazaire construisent les plus luxueux paquebots de croisière du monde.

Les cargos au port.

Tournés vers le large et toujours en recherche, les Bretons n'ont peur de rien, surtout pas d'innover et de créer. Les hypermarchés sont nés à Landerneau avec Édouard Leclerc, et le fondateur des

Un port de pêche.

Les pétroliers frôlent les côtes bretonnes et parfois les polluent (Amoco-Cadiz, Erika).

Les Brittany Ferries traversent la Manche.

1989 : le TGV arrive en Bretagne.

La compagnie Brit Air.

Intermarchés, Jean-Pierre Le Roch, est breton. La Bretagne est à la pointe des industries agro-alimentaires, produits frais ou surgelés, et de l'électronique avec les fibres optiques et la télévision haute définition.

L'avenir est en Bretagne qui accueille le plus grand nombre d'écrivains et de dessinateurs français, qui dispose d'universités dynamiques à Rennes, Brest et Nantes, qui est couverte par deux grands quotidiens, Le Télégramme et Ouest-France.

Les Bretons n'ont peur de rien, même plus que le ciel leur tombe sur la tête.

Rennes, une ville étudiante.

Table des matières